Onderdanige slavin en ander verhale

Erika Sanders

Reeks
Oorheersing en erotiese onderwerping

Opsomming

Hierdie boek bestaan uit die volgende stories:

Onderdanige slavin is 'n verhaal met sterk erotiese BDSM-inhoud en behoort op sy beurt ook tot die Erotic Domination-versameling, 'n reeks romans met hoë romantiese en erotiese BDSM-inhoud.

(Alle karakters is 18 jaar of ouer)

Skrywer se nota:

Erika Sanders is 'n bekende internasionale skrywer, vertaal in meer as twintig tale, wat haar mees erotiese geskrifte, ver van haar gewone prosa, met haar nooiensvan onderteken.

Indeks:

ONDERDANIGE SLAVIN EN ANDER VERHALE
ERIKA SANDERS

ONDERDANIGE SLAVIN

11

Slaaf Susan het wakker geword met 'n heerlike drang om haar Meester te verpleeg, maar was ontsteld om te vind dat hy reeds weg was.

Op die kussing langs haar was eerder 'n briefie, 'n enkele orgidee en 'n geskenkbewys vir haar gunsteling spa-dag.

Sy gaap en rek, lees dan gretig die nota.

"Ek wil hê jy moet die dag spandeer ter voorbereiding vir My. Jy moet nie vandag masturbeer nie, want Ek sal jou later alles gee wat jy nodig het. Ons sal vanaand by die liefdadigheidsbal wees, en daarna sal Ek jou op elke manier gebruik, tot Ek het my versadig." ".

Susan het geweet dat haar Meestersnoot baie meer sê as wat dit sê, want sy het sy hart geken.

In drie kort sinne het hy haar meegedeel dat hierdie dag en hierdie nag vir haar en syne se plesier sou wees, dat daar geen deel van haar was wat hy nie tot haar grense sou druk nie, en dat sy alles moet doen om hom te maak was vir hom so aangenaam as moontlik.

Susan het daarvan gehou om haar Meester tevrede te stel en Hy het altyd alles tussen hulle perfek gemaak.

Susan klim uit die bed en draai haar hare in 'n haarspeld toe terwyl sy badkamer toe stap.

Aan 'n haakpaal wat aan die agterkant van die deur vasgemaak was, het die rok, sykouse en skoene gehang wat Meester Robert vir haar uitgesoek het om te dra.

Daar was geen onderklere nie.

Susan het geglimlag, dan haar gesig gewas, haar tande geborsel, en voor sy terugkeer kamer toe, het sy die onderste laai van die laaikas oopgemaak, die Chinese balletjies uitgehaal en die riempiebroekie waarin sy geslaap het, uitgetrek.

Die Meester het gesê dat daar geen deel van haar was wat Hy nie sou gebruik nie.

Stadig het hy die Chinese balle in plek gesit en dadelik het hy hom reeds sy Meester se manjifieke haan verbeel ...

Hy het die jeanskortbroek en geel knoophemp aangetrek wat Meester Robert die vorige aand aangehad het.

Sy het graag sy klere gedra.

Sy kon dit so op haarself so ruik.

Hy het sy sandale aangetrek, die geskenkbewys opgetel en vinnig vertrek.

*****

Susan het daar aangekom om te ontdek dat Meester Robert alles georganiseer het met haar instruksies, soos hy gewoonlik gedoen het.

Die vrouens in die kamer het niks vir hom gesê nie, maar eenvoudig voortgegaan met wat hulle doen.

Sy het nie ongemaklik gevoel met wat die wêreld as 'n onderdanige verhouding beskou het nie, want die wêreld het niks geweet van die liefde wat sy met haar Meester Robert gedeel het nie.

"Ja, ons is Meester en slaaf," dink sy terwyl die manikuur op haar voete werk, "Maar ons is ook Man en Vrou, Robert en Susan, sielsgenote!" Dit het nie saak gemaak of die res van die wêreld dit nie verstaan het nie.

Bloot omdat hulle geen idee gehad het van die ware liefde tussen hulle nie.

Met haar manikuur en pedikuur voltooi, is sy na die laventel- en vanieljebadkamer geneem.

Dit was sy gunsteling deel en Meester Robert het dit geweet.

Dit was vir haar baie moeilik om nie haarself te plesier toe sy alleen in die geurige badkamer gelaat is nie, maar sy het geweet dat haar Meester vanaand baie van haar sou verlang, so sy het gerus sonder om 'n orgasme in die badkamer te hê.

Uiteindelik, haar hare se beurt, het hulle dit gewas en dit verleidelik bo-op haar kop gestapel en dit vasgemaak met die haarspeldjie wat Hy vir haar op hul eerste afspraak gekoop het.

Sy glimlag gelukkig, dink aan die plesier wat dit Hom sou verskaf om die pen uit haar hare te verwyder en te sien hoe dit oor haar skouers val.

Dit sal 'n aand wees om te onthou.

Terug by die huis het sy haar grimering aangesit.

Dan was daar die hoë sykouse en drieduim swart hakke wat hy vir haar in Italië gekoop het.

Hy het daar gestop om na homself in die spieël te kyk.

Iets het ontbreek.

Dit was 'n kort gedagte wat sy vinnig uit haar kop gesit het.

As hy meer wou gehad het, sou hy dit voorsien het.

Sy het die Chinese balletjies verwyder wat haar heeldag op die randjie van orgasme gehou het en toe die delikate rok oor haar kop laat glip en by haar lyf af laat gly.

Sy was tevrede met die manier waarop sy in die spieël gekyk het en Robert sou ook wees.

'n Tikkie van haar gunsteling parfuum en sy was gereed.

Sy het die orgidee wat daardie oggend in 'n bak water gedryf het, geneem en dit in die hareknoop by die nek van haar nek ingedruk.

Toe sy hoor hoe sy kar by die oprit intrek, het haar tepels hard geword en haar poes het begin klop.

Normaalweg sou sy hom by die deur op haar knieë ingewag het met haar nek gebuig, sodat haar liggaam heeltemal tot sy beskikking was.

Sy was baie angstig.

Sy haas haar tot onder die trap om vir hom te wag.

Toe Hy inkom, het sy reeds gebloos van opgewondenheid en sy kon voel dat haar voorkoms hom behaag terwyl hy na haar staan en kyk.

"Jy lyk heerlik, slaaf Susan."

"Dankie, Meester Robert, ek is baie bly dat jy tevrede is."

"Dit lyk asof jy iets vergeet het."

"Het ek iets vergeet?"

Robert vat haar pols en lei haar by die trappe op.

Op die kussing waar die briefie en die blom was, was haar choker.

Sy was verbaas dat sy dit nie vroeër opgemerk het nie en het dadelik haar fout herken.

Meester Robert het vir haar die handgemaakte choker saam met die ooreenstemmende das vir hom uitgelê.

Haar choker het 'n halwe kristalhart bevat wat perfek pas by die ander helfte wat sy gedra het.

Hy het dit op hul troudag vir haar gegee.

Hoe kon hy dit nie agterkom nie?

Haar tepels het begin rek en haar vagina het geklop toe sy besef hoe ernstig haar fout was.

Robert het sy gordel losgemaak.

"Ek is lief vir jou, Susan, maar ek kan nie sulke sorgeloosheid toelaat in jou voorbereiding vir My nie."

"Ja, my lieflike besitter."

"Buig en gryp jou enkels."

Sy hoef nie aangesê te word om haar bene te sprei nie, aangesien sy voorheen so gestraf is.

Meester Robert het graag na haar poesie gekyk toe hy haar geslaan het.

Hy gryp die syerige rok en gly dit stadig by haar bene af tot by haar middel en as gevolg van haar posisie het dit aangehou om af en om haar tiete te gly wat 'n bietjie oor haar kop en gesig bedek.

Wat 'n wonderlike gesig het sy hom gewys, so elegant aangetrek, maar so kru geposeer.

Hy kon sien hoe opgewonde sy was deur die manier waarop haar poes se nattigheid in die lig glinster het.

Hy het die gordel wat hy in sy hand vasgehou het, verwyder en beter daaraan gedink.

Dit sou 'n lang nag wees.

Hy het omgedraai en na haar kant van die bed geloop en, in haar nagkassie se laai, 'n leersweep uitgehaal wat hy gereeld op haar gebruik het.

Dit het 'n lang handvatsel gehad, en van die einde af het nege dun repies sagte, soepel leer gehang.

Dit is goed gebruik en waardeer.

Hy het stadig na haar teruggekeer, die pragtige beeld wat sy geskep het geniet en die veranderinge waargeneem wat oor haar gekom het.

Sy het swaar asemgehaal en sukkel om stil te sit.

"Ahhh, my slaaf Susan, ek gaan jou vanaand geniet!"

En daarmee het hy drie vinnige wimpers na haar gat gekoppel wat haar van pyn en plesier laat skree het.

Hy tree terug en kyk hoe spoed die rooi strepe op haar boude begin verskyn het.

"Shit!" Hy het by homself gedink! "Hoe gaan ek myself vanaand inhou?"

En met daardie gedagte het die oplossing onmiddellik gekom.

Hy sou dit nou net voor die aandsessie hê, net een keer om van die drang ontslae te raak.

Hy maak sy broek rofweg oop, haal sy reeds stywe piel uit en druk dit diep in haar poes, nie vir plesier nie, maar om haar te smeer.

Wat hy op daardie oomblik die meeste wou gehad het, was rooi, styf, blink en reg vir hom.

Hy het tot haar ontsteltenis sy haan uit slavin Susan se druppende poes onttrek en dit diep in haar wagtende gat ingedruk.

Die kreet van "JA!" van haar lippe aangevuur sy vuur en hy slaan mal oor haar opgehewe heupe.

Hou haar styf vas, Hy het nie opgehou voordat Hy gereed was om te ontplof nie.

Sy het haar eie moeisame asemhaling en gekerm gehoor toe 'n vrag syagtige kom oor haar rooi gat kom en gaan.

Toe hy terugkom na homself, het hy besef dat hy besig was om sy warm kom in sy slaaf Susan se teer, verlangde gat te vryf terwyl sy hom oor en oor bedank het.

"Ek sal vanaand my swart tuxedo dra, Susan," en daarmee gaan hy stort terwyl slaaf Susan haar choker aantrek en toe na die kas om haar tuxedo te gaan haal.

Sy was baie deeglik, en het dubbel gekontroleer dat alles wat Hy nodig het vir Hom gewag het toe sy uit die stort klim.

Sy plaas elke voorwerp op die bed terwyl sy dink aan die manier waarop hy haar sopas gebruik het, die wonderlike manier waarop sy balle teen haar klit klap terwyl hy haar gat verwoes het.

Sy was so ingedagte dat sy hom nie agter haar gehoor het nie totdat hy haar saggies op die nek gesoen het.

"Ek wil jou nie straf nie, Susan, maar o! Hoe pragtig lyk jy as ek dit doen."

"Dankie, Meester Robert."

***

In die motor het Meester Robert die kleed by haar bene afgegly en haar dye oopgesprei.

Hy het aan haar nog steeds drupende poes geraak, maar het haar verbied om te kom.

Slaaf Susan het in haar sitplek gedraai en was bly om die Saal in so 'n kort tydjie te sien, aangesien sy seker was dat sy nie veel langer kon uithou nie.

Hy sit sy vingers in haar mond sodat sy dit met haar tong en lippe kan skoonmaak terwyl hy met sy ander hand die drie klein knopies aan die bokant van haar bra losknoop.

"Los dit so," sê hy vir haar, en dan soen hy haar teer op die lippe, voordat hy vir haar sê om te wag dat hy die deur oopmaak.

Binne die saal is sy gedwing om gereeld sy sy te verlaat, maar hy was altyd binne sig van haar.

Die slaaf Susan het beleefd met die ander bediendes gesels, maar soos gewoonlik het sy na die stiller plekke gegaan en alleen gelos.

Meester Robert het 'n groot vraag na aandag gehad en sy het die manier waarop hy homself in hierdie situasies hanteer het, so galant, so aantreklik, bewonder.

Toe sy gevra is om te dans, het sy na Hom gekyk vir leiding.

Tussen hulle was verstaan dat daar tye was wat beleefde aanvaarding nodig was, maar sy het altyd gewag vir Sy instemming voordat sy aanvaar het en kon amper altyd op Hom staatmaak om op te hou wat sy ook al doen.

Vanaand het hy egter vir sy Meester Robert gewag en die aanbiedinge verwerp selfs toe hy dit goedgekeur het.

Ná die derde weiering het hy na haar toe oorkant die kamer gegaan.

"Is jy OK my liefie?"

"Ja."

"Hoekom dans jy nie?"

"Want, ek wil net vanaand saam met jou dans."

"Dan, Susan, sal jy jou wens kry."

Hy het sy hand om haar middel gly en haar saggies op haar rug laat rus om haar na die dansvloer te lei.

Hy het haar styf vasgehou en met haar gedans.

Terwyl Hy na haar kyk asof sy die enigste vrou in die wêreld is, het Hy haar vel met Sy oë gepynig en haar tot op die rand van geluk gelok met fluisteringe van hoe Hy haar later sou gebruik.

"Vat my huis toe?" Sy fluister vir hom.

Hy het haar aan die hand gevat en haar deur die skare gelei.

In die kar het hulle passievol gesoen en slaaf Susan het haar hartsbegeerte vir hom gefluister.

"Ek het my Meester Robert nodig."

Robert het gereageer deur sy broek oop te knoop en haar toe te laat om hom op pad huis toe te verpleeg.

***

In die oprit, nadat hy die motor afgeskakel het, het Hy haar daar laat staan en die honger manier waarop sy besig was om Sy Haan te verslind, te geniet.

Dit het haar net lank genoeg laat stop om haar rok oor haar kop te skuif en dit op die agtersitplek te gooi.

Hy het toe die sitplek teruggeskuif en die pen van haar hare verwyder en dit oor haar skouers laat val.

Hy was mal oor haar swart hare, die manier waarop dit oor haar gesig en skouers val en die manier waarop dit sy vuiste gevul het toe hy dit gryp.

Robert het haar lank dopgehou, verwonderd oor die manier waarop sy sy haan aanbid en dit suig asof dit haar eie voedsel was.

Toe haar begeerte om te kom groter was as Sy selfbeheersing, het Hy Sy hande in haar hare begrawe en Sy haan diep in haar keel ingedwing.

Hy het in en uit haar mond en keel beweeg met 'n diep behoefte wat gedreig het om haar te verslind.

Slaaf Susan het in sy hande gebewe, en hy het besef dat sy eie vrylating hare sou aktiveer.

Een laaste stoot diep in sy keel en hy ontplof in ekstase.

Elke spuit warm melk het haar lyf geskud met 'n spasma gelykstaande aan sy eie.

Hulle was baas en slaaf en tog was hulle een.

'n Liggaam...

'n Pragtige spasma melk...

Een liefde!

***

Slaaf Susan het haar oë oopgemaak toe Meester Robert die deur oopmaak.

Hy het sy hand uitgesteek en haar uit die kar gehelp.

Sy staan voor hom in die maanlig, haar dy-hoë rok en sy skoene en choker wat 'n halwe kristalhart bevat.

Die lig van die maan en sterre het op haar vel gedans en Hy het diep asemgehaal by die aanskoue van haar.

"Kom my liefie, ons nag het pas begin."

Hy het haar binne en in die slaapkamer gelei, waar hy die balkondeure oopgemaak het om die seebriesie in te laat.

Hy het haar choker geneem en dit met haar halssnoer vervang, en haar dan na die bed gelei waar hy haar verbind het.

"Lê. Ek wil voel hoe jou liggaam aan My onderwerp," fluister hy.

Sy het gedoen soos hy gevra het en toe gewag vir sy volgende bestelling.

Toe niemand kom nie, het sy haar asemhaling probeer kalmeer, hom in die kamer probeer hoor.

Waar kan Hy wees?

Wat maak jy?

Sy gedagtes het gejaag en sy planne vir haar verwag.

Sy het gewag wat soos 'n ewigheid gelyk het, en gedink sy kan hom hoor asemhaal, maar nooit heeltemal seker nie.

Toe hy uiteindelik dink dat 'n pak slae vir ongehoorsaamheid beter is as om nog 'n sekonde te wag, het hy na die blinddoek uitgereik, maar in plaas daarvan om haar in die moeilikheid te laat beland, het hy vir haar gesê: "Raak jouself vir my."

Drie woorde, drie klein woorde, het 'n vuur in haar aangesteek wat sy nog nooit vantevore gevoel het nie.

Onmiddellik was sy hande op haar lyf, een op haar bors en een tussen haar bene.

Binne sekondes het sy in 'n orgasme gedraai, bene gesprei, knieë gestrek, vingers woedend naai haar poes om te kom, haar rug krom totdat niks anders as haar gat en die agterkant van haar kop die bed raak nie.

"Ja! Robert! O, my meester Robert! Ja! Ja! Ja!"

Sy was nie heeltemal op haar hoogte nadat sy dit weer gehoor het nie:

"Weereens. Doen dit weer."

Sy rol op haar maag en sit haar knieë onder haar lyf en druk haar gat in die lug sodat Hy kan sien.

Sy het haar vingers so diep as wat sy kon in haar poes begrawe en weer masturbeer vir haar Meester se vermaak.

Toe dit aankom, het dit baie langer gehou as die eerste.

Hy het weer en weer by haar magiese plek gekom totdat hy uiteindelik, hardloop en ophardloop teen die binnekant van haar dye, haar begin smeek het om genade.

Sy draai op haar rug en skree:

"Robert! O, Robert! Asseblief! Asseblief! Fok my asseblief nou!"

Hy het geen genade betoon toe hy haar gryp en rofweg op haar maag rol nie.

Sy herken sy sweep die oomblik toe dit met haar vel kontak maak.

"Dankie, Meester! Dankie vir u vrygewigheid. Dankie dat U my toegelaat het om te kom. Dankie dat U my genoeg liefhet om my te straf wanneer ek nie behoorlike respek aan U toon nie."

Elke beroerte het die dankbaarheid ontvang wat sy moes uitgespreek het toe Hy haar toegelaat het om te kom.

Hy kon nie meer terughou nie!

Hy klim op haar soos sy, gesig na onder en nat van nood.

Hy het so maklik in haar ingegly sy het gedink hy sal haar vernietig.

Hy gryp twee hande vol van haar hare en pomp haar koorsig.

Sy was nog besig om hom te bedank toe sy sy lid diep in haar voel.

Hy het haar gegooi en na binne gedraai en sy het onder Hom gedraai en gewag dat Hy vir haar sal gee wat sy nodig het.

Hy het haar deur haar orgasme genaai, nooit stadiger gegaan of opgehou nie totdat Hy uiteindelik ook kom, diep in haar baarmoeder.

Sy lê onder Hom, melk Sy piel met haar poesie en fluister oor en oor: "Dankie, dankie, my lieflike besitter," terwyl haar Meester Robert verruklik lof in haar oor prewel.

Die konstante ruk van haar poes aan Sy piel het hom regop gehou en gou het Haar eie heupe weer beweeg.

Hy was lief vir die manier waarop haar wil en behoeftes by sy eie pas.

Hy het homself so volkome aan Hom gegee dat daar nooit 'n tyd was dat een van hulle bevredig was voordat die ander se behoeftes bevredig was nie.

Aanvanklik het haar liggaam soms pyn gevoel van sy lang, dik piel en sy sterk aanspraak voordat sy heeltemal tevrede was, maar nou het haar liggaam, haar maag, haar siel soos 'n handskoen teen hom gepas en die pyn van haar liefde was net duidelik. die volgende dag.

Sy was syne in alle opsigte en sy was so bly daaroor soos hy.

Robert was gefassineer deur hoe vinnig hy weer gereed was vir haar.

Hy gly sy hande op haar arms en gryp haar polse.

Sy hou hulle bo haar kop bymekaar terwyl hy in die nagkassie se laai reik en sy boeie haal.

Nadat hy by haar polse aangesluit het, trek hy sy piel uit haar honger poes om na die kas te gaan vir 'n tou.

Hy het die tou aan sy polse vasgemaak om dit as 'n leiband te gebruik.

Steeds geblinddoek het sy swaar asemgehaal en hy het geweet sy is behoeftig.

Hy gryp weer in die laai en trek 'n mondring uit.

"Maak oop jou mond, slaaf Susan."

Sy het sonder twyfel gedoen wat Hy gevra het, want hulle het albei geweet wat die betekenis van hul verhouding was.

Hy het die O-ring in haar mond geplaas en dit stewig om haar kop vasgemaak.

Toe gryp hy haar van die bed af en sit haar op sy knieë.

Wat sou volg, was nie straf nie, maar plesier en slaaf Susan het vinnig geleer dat daar 'n verskil is.

Meester Robert het haar aan die hare vasgehou en sy haan deur die gag en in slavin Susan se keel gedruk.

Hy het dit daar gehou totdat sy begin mondsnoer het en dit toe uitgetrek.

Hy het weer gedruk en haar vasgehou, maar binne sekondes het sy weer gesnoer.

Hy het dit uitgehaal en gewag.

Toe haar asemhaling stabiliseer, het Hy haar weer gedruk.

Hierdie keer kon sy dit vashou sonder om te mond.

Hy het haar nie gepomp nie, hy het nie eers beweeg nie, maar hy het sy piel in haar keel gelos totdat sy begin slinger.

Toe haar geskarrel oorgaan tot sukkel, trek hy sy haan uit en streel haar hare.

"Dit is my meisie!" sê hy trots. "Dis my lieflike meisie."

Daardie teer woorde het slavin Susan se tepels styf laat trek en haar poesie het klam geword van nood.

Meester Robert was besig om sy odalisque te oefen om sy hele haan te vat sonder om te mond.

Dit was 'n kwessie van geduld en oefening, maar sy het al hoe beter geword.

Daar was tye wat sy nooit verstik het nie en wanneer dit gebeur het, het hy haar goed beloon.

Meester Robert het die leitou na haar kraag geskuif en haar na die bed laat terugkeer.

"Wil jy my slaaf Susan hê?"

Ja, sy reaksie was met 'n kopknik.

"Het jy my slaaf Susan nodig?"

Ja weer.

"Kom ons kyk of dit die geval is?"

Robert het die tou aan die kopstuk vasgemaak en die ander punt in 'n strop gemaak wat hy oor haar kop en om haar keel gly.

Toe het hy die taak aangepak om sy slaaf Susan se behoefte te peil.

Tussen haar bene het Hy in posisie gegly om haar kloppende klit in sy mond te neem.

Hy het haar saggies gesuig, op dieselfde manier as wat sy hom suig as sy hom suig.

Slaaf Susan se heupe het begin rol en stoot.

Omdat sy nie met die mondring kon praat nie, het sy eenvoudig gesnak en gekreun.

Toe sy baie naby aan klaarkom was, het Hy teruggetrek, haar gedwing om na Hom toe te gly en gevolglik haar nek styf aan die tou getrek.

Meester Robert het haar pragtig laat voel.

Hy lek haar stadig van haar boud af tot by haar klit en trek dan lui sirkels om haar klit met sy tong.

Wat Hy aan haar gedoen het, was angswekkend en tog so wonderlik, totdat Hy weer teruggetrek het.

Slaaf Susan het afgegly om die druk wat sy nodig het van haar tong op haar klit te kry.

Ag as sy net nou kan kom!

Noudat die tou styf was en daar geen speling meer was nie, staan Meester Robert op en begrawe sy harde piel in slaaf Susan se druipende poes.

Hy het haar bene teruggedruk en haar diep genaai, teen die plek gestamp wat hom soveel plesier verskaf het, die tiete wat aan Hom behoort het gebyt en haar tepels al hoe harder gesuig, maar toe sy onder Hom begin stamp en kreun, het hy teruggekom. ... om terug te trek, gee hom net sy glanskop en niks anders nie.

"GEEN!" dink sy.

Die blinddoek, die mondring, sy kon nie sien of praat om hom om genade te vra of vir hom te sê wat sy nodig het nie, so sy het haar hakke in die bed ingegrawe en haarself verder in die bed afgedwing na Sy haan waarvoor sy so lief was.

Sy kon nou nie asemhaal nie en die spanning van die tou het haar kop op en na die kant gekantel, maar sy moes.

Sy moes hom diep in haar voel.

Dit was so naby!

Sy kon nie nou ophou nie.

Meester Robert glimlag verheug.

Sy sou hê wat sy so broodnodig het of sy sou sterf, en dit was Hy.

Sy was meer lief vir hom as die lug wat sy inasem en dit was genoeg vir hom.

Toe lê hy heeltemal bo-op haar, en begin diep en hard in haar indruk, aan haar skouers suig en haar kakebeen byt.

Toe hy voel hoe haar bene om hom vou en sy lyf begin bewe, gryp hy die tou en trek hulle albei op die bed en laat die lug terug in sy oop mond instroom.

Om te kyk hoe sy hyg en huil en voel hoe haar poes op sy piel saamtrek en saamtrek, was meer as wat hy kon verduur.

Hy spring op en neem sy haan in sy hand.

Hy het dit verwoed gepomp totdat hy uiteindelik gekom het, sarsie na sarsie kom deur die ring en in slavin Susan se mond geskiet.

"O ja!" Sy het die eerste keer toe sy hom met haar tong geproe het gedink: "JA! Haar liggaam, wat nog nie heeltemal herstel het van haar Meester nie, was nou weer gevul met plesier.

Keer en weer, soos branders op die strand, het dit vir Hom gekom.

Hy was haar sielsgenoot in alle opsigte, en saam het hulle hoogtes van pure ekstase bereik.

Meester Robert het die blinddoek verwyder en voortgegaan om sy harde, regop piel te pomp.

Terwyl Jennifer se oë by die lig aangepas het, kon sy sien hoe haar Meester haar mond met Sy kom vul.

Hy het toe die gag verwyder en haar toegelaat om sy geskenk te geniet terwyl hy voortgegaan het om haar hande te bevry en haar sykouse, skoene en uiteindelik haar kraag te verwyder.

Meester Robert het haar in sy arms geneem en haar styf vasgedruk.

Hy het haar naam gefluister en vir haar gesê dat sy syne is en dat hy haar liefhet sonder om iets terug te hou.

Sy het bewend in sy arms gestaan en Hy het haar nog nader getrek en haar verseker dat sy skatryk en beskerm is.

Toe sy moeë liggaam ophou bewe, het hy rustig aan die slaap geraak in sy Meester se lieflike omhelsing.

***

Sy het wakker geword toe Hy haar optel en na die bad gedra het.

Hy stap saam met haar in en wieg haar in sy arms toe hulle in die warm, stomende water wegsak.

Dit was manjifiek en sy het geglimlag toe sy onthou hoe baie hulle die handgemaakte bad so lank geniet het.

Meester Robert het haar so sag gebad asof sy 'n pasgebore baba is.

Hy het haar hare gewas en spesiale aandag aan haar sensitiewe poes en gat gegee.

Hy vryf oor haar nek en skouers met sy seepgladde hande, sleep dit langs haar rug en na haar boude wat hy soos deeg geknie het.

Die slawebad was 'n ritueel waarop sy aangedring het, wat dit vir haar soveel meer betekenisvol gemaak het.

Dit was pragtig en sy was so bly dat sy nie haar trane kon terughou terwyl Hy nie die verskil tussen trane en waterdruppels kon onderskei nie.

Toe hy haar droogmaak en haar hare kam, het hy die bedoortreksel verwyder en hulle het sonder om 'n woord tussen die koue lakens te kruip.

Daar was niks om te sê wat die liggame nie reeds vir mekaar gesê het nie.

Soos haar nagroetine het Robert vir haar gelees terwyl sy sy lyf met haar vingerpunte nagespoor het.

En met toestemming wat reeds gegee is, het sy hom verpleeg totdat hy in 'n wêreld van drome wat waar geword het, weggedryf het.

BETALINGSVERHOGING

27

Anita klop aan die deur asof sy dit nie wil breek nie.

Dit het nie sin gemaak nie, aangesien sy die enigste persoon was wat in die doughnutwinkel oorgebly het.

Sy en die persoon aan die ander kant van die deur, dit wil sê.

"Kom in," klink daardie persoon se stem.

Anita maak die deur oop en stap in en maak dit agter haar toe.

Die klik van die slot toe hy dit met die deurknop indruk, lyk oorverdowend in die stil kantoor.

Eric Galvez kyk op van die papierwerk op sy lessenaar.

Hy het na Anita gekyk, 'n mooi donkerkop Mexikaanse werknemer met die winkel se skoolstyl-uniform, 'n wit knoophemp en 'n kort geruite romp, met 'n sak oliebolle vas.

Sy het 'n foutlose lyf gehad en dik, gelaagde donkerkop hare wat nie haar skouers bereik het nie.

"Hallo, Anita," sê Eric.

Die winkelbestuurder, getroud met twee kinders en in sy veertigs, het sy pen neergesit en geglimlag.

"Hallo. Ek is jammer as ek iets onderbreek het," sê sy skaam.

"Natuurlik nie," verseker Eric hom. "Gaan sit".

Die bestuurder se kantoortjie het bestaan uit 'n rusbank, twee stoele, 'n lessenaar en liasseerkaste.

Eric kyk hoe Anita na hom toe stap, haar romp wat heen en weer swaai.

Sy gaan sit in die stoel voor Eric se lessenaar, kruis haar lang bene en laat haar romp haar bobene bereik.

Hy het die sak langs haar op die vloer neergesit.

"Wat is fout?" het die bestuurder gevra.

Anita het gehuiwer, diep asemgehaal en die vingers van een hand stadig oor haar bobeen, van die onderkant van haar romp tot by haar knie, gehardloop.

"Ek dink daaraan om uit die gehuurde kamer na 'n woonstel te trek," het hy gesê.

Sy was 'n junior by 'n plaaslike universiteit en het verskeie werke gewerk op plekke waarvan die ure nie met haar klasse ingemeng het nie.

"Cool," sê Eric entoesiasties en stop toe. "En jy het meer geld nodig? 'n Verhoging?"

Anita kyk bedees na hom, voordat 'n ernstiger kyk op haar gesig verskyn.

"Ek kan nie glo hoeveel hulle vir huur vra nie. En die afbetaling is..." het hy begin sê.

"Ek weet," val Eric in die rede.

Hy kyk vir 'n oomblik na haar.

Sy het byna 'n jaar vir hom gewerk en 'n ander keer 'n verhoging gevra.

In daardie geval het sy haar liggaam gebruik om sy besluit te "beïnvloed".

Trouens, hy wou sedertdien nog 'n versoek van haar hê.

Eric kyk na die sak oliebolle langs hom.

"Neem jy 'n paar oliebolle huis toe?" het hy gevra.

Anita se oë sak na die sak en terug na haar baas.

"Nee. Dis vir jou... vir ons," het sy geantwoord.

Eric het nie meer verduidelikings nodig nie.

Hy het ook laas 'n sak saamgebring.

En hierdie keer het hy geweet wat om te doen.

Hy staan op en stap om die lessenaar en beweeg agter Anita se stoel aan.

Sy het sy atletiese liggaam dopgehou totdat hy agter haar verdwyn het.

'n Rilling loop in afwagting oor sy ruggraat.

"So, jy het vir my 'n doughnut gebring," sê Eric sag. "En jy wil graag deel."

Anita knik stil.

Eric kyk na die jong vrou, haar hemp aan die bokant oopgeknoop en haar bruingebrande bene wat onder haar opgevlamde romp uitsteek.

Sy hande gryp senuweeagtig aan die punte van die arms op die stoel.

Eric sit sy hand op die meisie se hare en trek sy vingers langs haar nek.

Sy voel die warm vel onder die kraag van sy hemp, beweeg dan haar hand na die voorkant van sy nek voordat sy die boonste knoppie nader.

In een ratse beweging het hy die knoppie losgemaak; gevolg deur die volgende.

Die bopunte van haar borste het in sig gekom, omhul in 'n dun blou bra.

Sy vingers gly oor die sagte vel van haar linkerbors, en keer dan terug na die volgende knoppie.

Met albei hande het hy haar nek omgedraai en elke knoppie oopgemaak totdat hy die bokant van haar romp bereik het.

Eric trek die hemp uit haar romp en maak die laaste knoppie oop.

Anita se hemp het net genoeg oopgegaan sodat Eric die meeste van elke bors van bo af kon sien.

Hy het gesien hoe hulle opstaan en val terwyl sy na lug snak.

'n Sentrale haak tussen haar borste het haar bra bymekaar gehou.

Dit was nie toevallig nie, dink Eric by homself.

Hy steek sy hand uit en maak die bra los en laat die twee helftes vrylik op die punte van haar borste rus.

Anita bly roerloos sit en kyk na Eric se hande of reguit vorentoe.

Sy het geweet dinge gaan vinnig verander.

Eric het sy hande op die bokant van haar borste geplaas en hulle laat val totdat sy vingers haar bra verwyder het.

Hy omvou haar kaal bruin borste in sy hande en hou dit vir 'n oomblik saggies vas.

Uiteindelik sit sy Anita se tepels tussen haar duime en wysvingers en knyp dit saggies.

Die jong vrou sug hoorbaar.

Eric voel hoe sy piel verhard binne die grense van sy broek terwyl hy die tepels manipuleer.

Hulle het hard geword onder haar aanraking en Anita voel hoe 'n opgewonde pyn deur haar maag na haar poes trek.

Eric het sy hande om haar borste gevou, maar kon dit skaars in sy greep vul.

Hy tel hulle op en kyk hoe hulle in sy handpalms sit.

Hy stap om die stoel en gaan staan tussen die lessenaar en Anita en kyk kort na haar.

"Staan op en trek jou hemp uit," sê hy in 'n kalm stem.

Anita het haar bene oopgemaak en 'n paar sentimeter van haar baas af gaan staan.

Hy lig die hemp oor sy skouers en laat dit op die stoel val.

Sonder ophou het sy dieselfde met haar bra gedoen.

Eric sit sy hande aan die buitekant van Anita se bobene en lig sy hande op totdat hulle onder haar klein rompie verdwyn.

Anita voel hoe hande oor die buitekant van haar broekie en oor haar boude rys.

Toe beweeg Eric sy hande na haar middel en gryp die band van haar broekie.

Stadig laat sak hy hulle, kniel terwyl hulle oor sy knieë en oor sy voete beweeg.

Hy het die swart broekie op die stoel neergesit en haar skoene uitgetrek.

Nadat sy opgestaan het, het sy na haar romp gekyk en gesê:

"Haal dit af."

Anita rits die romp oop en laat dit op die vloer val, stap uit en skop dit eenkant toe.

Eric het haar klein middellyf, vol heupe en dye bewonder,

lang bene en klein voete.

Sy oë keer terug na haar poes en die klein, dun string donker hare bo haar klit.

Anita het op daardie oomblik buitengewoon sexy gevoel, die humiditeit tussen haar bene het met die sekonde toegeneem.

Sy wou die man naak voor haar hê en sy het geweet dit was onvermydelik.

"Trek my klere uit," het hy vir haar gesê.

Hy moes sy bewegings doelbewus vertraag om nie sy begeerte te openbaar nie.

Anita het egter gou Eric se hemp oor sy kop getrek en 'n goedgeboude, indien nie te gespierde bolyf, onthul.

Sy kyk af en trek haar gordel los, Eric se oë wissel tussen haar borste en hande.

Sy knoop sy broek los en trek dit af totdat dit vanself oor sy kuite val.

Anita het gekniel en sy skoene en sokkies uitgetrek voordat sy sy broek uitgetrek en eenkant toe gooi.

Hy kyk vorentoe na die groeiende bult in sy boksers, gryp toe die lyfband en trek dit af.

Eric se groot haan was net halfregop, maar Anita het gevoel hoe 'n golf van opgewondenheid oor haar vloei toe sy sy boksers uithaal.

Sy staan op en kyk na haar baas.

Tot Anita se verligting het hy die eerste skuif gemaak deur haar te omhels en na hom toe te trek.

Hy soen haar passievol, druk sy piel teen haar lyf en beweeg sy hande na haar gat.

Eric druk haar sagte wange toe terwyl hul tonge tussen hul lippe ontmoet.

Anita voel hoe haar poes teen haar lyf maal, nie seker of sy meer vasbeslote is om haarself of Eric tevrede te stel nie.

Hulle soen het voortgeduur terwyl sy 'n hand om sy haan vou en dit voel klop.

Die haan het na bo begin wys en die meisie het haar hand herhaaldelik op en af teen die lid gepomp.

Toe die soen eindig, het Eric na Anita gekyk en gesê:

" My vrou doen dit nie aan my nie. Jy doen dit wonderlik."

"Dankie, ek is bly jy hou daarvan," glimlag hy.

"Ek is honger," het Eric gesê.

"Ek ook".

Hulle het na die bank beweeg.

Eric gryp die sak oliebolle op pad.

Sy het tyd gekry om te kyk hoe Anita se klein, ronde onderkant met haar treë wip voordat sy op die rusbank gaan lê het, haar kop op 'n klein kussing aan die een kant.

Eric steek sy hand in die sak en haal 'n doughnut en 'n klein plastiekmessie uit.

"Ag, gevul met vanieljeroom. "My gunstelinge," het hy gesê. "Wil jy deel?"

"Ek sal graag," het Anita geantwoord.

Eric het neergekniel en die sjokolade bedekte doughnut op die meisie se plat maag geplaas en dit versigtig in die helfte gesny met die mes.

'n Rilling het deur Anita se lyf geloop toe die mes skaars haar vel vreet.

Eric het gekyk hoe sy terugdeins terwyl die lem van die mes weer van binne uit die dik doughnut verskyn, en toe die mes en die helfte van die doughnut bo-op die sak op die vloer geplaas.

Hy lig die doughnut uit haar maag en draai die roomgevulde middel na haar toe.

Metodies het hy dit laat sak totdat die tepel van haar regterbors direk onder die room was.

Met 'n lang, sagte slag het hy 'n laag vanieljeroom oor die punt van haar bors gebring.

Anita maak haar oë toe terwyl die koue vulling haar tepel en omliggende vel bedek, wat golwe deur haar lyf na haar maag en poes stuur.

Eric het die doughnut effens na die kant geskuif en die proses herhaal, en 'n tweede lint room langs die eerste bygevoeg.

Uiteindelik het sy die doughnut omgedraai en die sjokoladelaag oor die punt van haar stywe tepel gevryf.

Eric het die doughnut in die sak geplaas en na Anita gekyk.

Sy het aandagtig gekyk, sy volgende stap verwag en hom in stilte gesmeek om haar te verslind.

Eric beweeg sy kop op haar bors en trek met sy tong oor haar tepel en proe die soet sjokolade.

Anita kreun amper hardop, maar hou terug en kyk hoe haar baas se tong sy pad verleng om 'n duim bo en onder haar tepel in te sluit.

Hy het een keer gesluk voordat hy na die bors teruggekeer het, hierdie keer sy mond wyd oopgemaak en soveel as moontlik van die meisie se ronde, vol bors ingeneem.

Sy tong het verskeie kere oor die tepel geskraap voordat sy lippe om die pienk vleis toegemaak en daaraan gesuig het.

Hierdie keer kon Anita haar nie bedwing nie.

"O, God," fluister hy.

Eric lig sy kop en lek die room van sy lippe af.

Toe sy mond weer op Anita se bors land, was sy hand besig om die bors op te druk en hy lek hongerig die res van die vanieljeroom van haar vel af.

Dit het altyd teruggekom na die tepel.

Anita buig haar rug en druk haar bors hoër.

Sy voel hoe die nattigheid tussen haar bene toeneem met elke trek van sy tong oor haar tepel en sy is seker hy kan haar laat kom as hy haar so hou.

Sy gryp weer na die doughnut en smeer hierdie keer die wit vulsel en sjokolade meer oor haar linkerbors.

Die room het amper twee derdes van sy bors bedek, en Eric het 'n byna hol halwe donut in sy hand gelaat.

Nadat hy die doughnut terug in die sak geplaas het, het hy oor Anita se lyf geleun en voortgegaan om haar bors noukeurig een lek op 'n slag te ontbloot.

Die meisie het haar hand na die bokant van Eric se kop beweeg en dit harder teen sy bors gedruk.

Intussen het sy hand van haar heup tot tussen haar bene beweeg, terwyl hy die klit wat onder 'n lok netjies geknipte donkerbruin hare begrawe is, 'n oomblik streel.

"O, Jesus," sê hy sag. "Dit voel so goed."

Met net 'n klein bietjie vanieljeroom op sy bors, klim Eric op die rusbank en plaas sy bene tussen syne.

Sy haan was nou heeltemal regop en het teen 'n skerp hoek opwaarts gewys.

Hy leun vorentoe en plaas sy piel op haar roombedekte bors, beweeg dit heen en weer totdat hy 'n klein lagie van die wit vulsel het.

Anita het haar hand gebruik om die haan na die areas met die meeste room te rig.

Kort voor lank was dit wit van die pienk kop tot by die basis.

Anita kyk hoe Eric vorentoe gly en sy piel na haar lippe bring.

Gretig het hy sy mond oopgemaak en die geskenk aanvaar.

Die soet smaak van die room het haar amper laat vergeet van die liefde wat sy gevoel het vir die smaak van 'n warm, harde haan.

Sy tong het aan alle kante van die lid gewerk terwyl Eric dit in en uit sy mond gly, wat hom van plesier laat kreun het.

" Ummmm , Anita. Suig my, lek my so," het Eric gesê. "Ja, ja. So."

Dit het 'n paar minute geneem vir die meisie om die laaste room uit sy piel te kry; suig, lek en sluk so vinnig as wat sy kan.

Toe hy klaar was, was Eric harder as wat hy voorheen was en was naby aan klimaks.

"Fok my, Eric," roep Anita hard uit. "Ek wil jou in my hê. Asseblief."

Toe haar baas van die rusbank af klim, het Anita haar bene gesprei en haar knieë opgelig.

Toe hy sy piel by die ingang van haar poes het, was haar hand in 'n gereed posisie om hom in haar in te lei.

Selfs sy was verbaas oor hoe gereed sy vir hom was.

Sodra die kop van die geswelde penis die opening gevind het, kon Eric homself laat sak totdat hul bobene in 'n sagte klap ontmoet het.

"God ja. "Fok my," sê Anita.

Eric was vinnig om aan haar eise te voldoen.

Hy lig haar aan die gat en begin sy piel in en uit gly, voel hoe sy haar vagina periodiek saamtrek.

Anita lig haar bene op en draai dit saggies om Eric se middel, sodat hy haar nog hoër kon lig.

Anita se borste wieg ritmies.

Hy het af en toe haar tepels geknyp en wat soos elektriese strome gevoel het, direk na haar poes gestuur.

Intussen het Eric homself herposisioneer sodat 'n vrye hand haar klit kon masseer.

Hy het die geswelde bult maklik gevind en dit gevryf.

Die meisie se kop het van kant tot kant begin swaai en prewel:

"Fok. Kak. Ja, daar. Daar!"

Eric vryf hom harder en voel hoe sy lyf gespanne word.

Haar bene het hom styf vasgedruk en sy het geskree: "Ahhhh. O God. Nou."

Haar orgasme het begin met nog 'n gedempte kreun en haar heupe het opgeruk om sy afwaartse stote te ontmoet.

Vir ten minste dertig sekondes het Eric haar keer op keer binnegekom, terwyl sy gekreun en geskree het dat hy haar moet naai.

Eric wou hê dat die gevoel van haar stywe poesie om sy piel en haar lyf wat onder hom wriemel vir ewig moet hou.

Hy hou aan haar boude vas terwyl sy stadig op die rusbank begin neersit.

Nou kon hy op sy eie liggaam konsentreer, en Eric het die eerste golf van sperma van sy balle gevoel opkom.

Anita het die naderende orgasme in hom gevoel en hom aangemoedig om voort te gaan.

"Dis dit. Komaan, kom in my poes."

Eric se piel het ontplof in 'n vloed van sperma wat Anita gevoel het dat dit haar binneste vul.

Die warm vloeistof het in verskeie spuite uitgeskiet, elkeen vergesel van 'n harde kreun.

Eric gryp Anita aan die onderkant van haar skouers en druk haar lyf teen syne.

Toe hy wil klaarmaak en stilstaan met sy piel diep in haar, druk Anita haar poesie hard.

"Ahhh, fok. "Stop," prewel Eric, amper uitasem en half laggend.

Hy het homself 'n laaste keer geskud en van haar afgeval, slap en heeltemal uitgeput.

Hy lê in haar arms, sy kop op haar bors en haar bene steeds om sy middel gedraai.

"Al wat jy hoef te doen is om daarvoor te vra wanneer jy wil," sê Eric sag, terwyl sy vinger die buitelyn van haar tepel naspeur.

"Ek was net honger vandag," het sy gesê.

ONVERWAGTE SITUASIE

39

HOOFSTUK I

"Ek sal vir jou in die kamer wag, dra iets onthullends," het John vir haar gesê.

Hulle het hom soos wegneemetes behandel, dink Gina toe sy die oproep beëindig.

En dit is hoe sy nou gevoel het, terwyl sy haar grimering in die nietige spieël aangebring het: skadu oë , hartvormige rooi lippe, en net genoeg grimering op haar gesig om haar nie soos 'n figuur uit 'n wasmuseum te laat lyk nie.

Enigiets anders wat jy in jou bestelling wil hê, skat?

Tevrede met haar werk stap sy kaalvoet oor die slaapkamermat, met net haar bra en broekie aan, en maak die kas oop.

Van 'n rak bo waar sy klere was, het hy 'n klein boksie geld uitgehaal en bed toe geneem.

Toe sy dit oopmaak, val baie tiene en twintigs op die sylakens.

Gina het vier uit twintig getel en die res in die boks gesit.

Sy sit die boks terug in die kas, sit die geld in haar beursie en begin aantrek.

John het regoor die dorp gewoon in 'n luukse vyfslaapkamer-meenthuis naby die kanaal.

Dit sal tien minute neem om daarheen te ry, afhangend van middagverkeer.

Hy was 'n relatief nuwe kliënt van haar wat sy tot dusver ses keer bedien het.

Sy het hom gehaat.

Hy was arrogant, onbeskof en heeltemal pervers.

Hy was van Italiaanse afkoms: olyfkleurige velkleur, 'n groot neus en dik swart hare regoor hom.

John was lief vir eet en Gina het gedink hy lyk soos 'n kruising tussen 'n 1940's gangster en 'n potpens vark.

Hy het gespog met die bande wat hy met die kriminele onderwêreld gehad het, maar Gina was nie seker hoeveel van wat hy gesê het waar is nie.

Sy het gedink hy probeer haar net beïndruk.

Sy kon nie verstaan hoekom mans dink dit is aantreklik vir meisies nie.

Gina het geweld gehaat en sou 'n fliek afskakel by die eerste teken van bloed of geweld.

Maar John was beslis in 'n soort dowwe besigheid.

Sy het wapens in sy huis gesien.

Hy het hewige telefoonoproepe tydens hul seksuele verhouding gehoor wat John geweier het om te ignoreer.

Praat oor geld en dwelms.

Sy het mans soos John haatlik gevind: gierig, selfsugtig, oneerlik en korrup.

Sy het die geld egter te veel nodig gehad.

Gina se lewe was vol skuld.

'n Geesteswetenskaplike universiteitskursus, die mini Fiat wat sy elke dag na haar sekretariële werk aangery het, klere inkopies, vakansies op Ibiza en 'n lening wat sy aangegaan het om haar woonstel in te rig.

Sy het in die skuld geswem, maar leningsmaatskappye het haar nooit geweier nie.

En dit was hoekom sy die afgelope jaar as 'n private begeleider gewerk het.

Privaat was die sleutelwoord.

Sy het geen aanlyn-advertensies gehad nie, te bang dat haar familie of vriende haar smerige geheim sou ontdek.

Indien nie, was sy afhanklik van mond tot mond en haar gereelde kliënte, ouens soos John.

Die eerste man wat haar betaal het om seks met haar te hê, was Peter.

Sy het hom op 'n afspraakwebwerf ontmoet ná haar breuk met Adams, maar het dadelik geweet dat hy nie vir haar was nie.

Dit was nie die feit dat hy in sy veertigs en vyftien jaar ouer as sy was nie.

Trouens, dit was die rede waarom sy hom in die eerste plek ontmoet het, omdat sy gedink het dat 'n ouer man haar kon gee wat Adams, 'n vier-en-twintigjarige, nie kon gee nie.

Toewyding, sekuriteit, nuwe seksuele ervarings dalk.

Sy het eenvoudig geen verbintenis met Peter gevoel nie, en sy het dit geweet binne 'n uur van hul eerste afspraak, aandete vir twee by 'n Indiese restaurant in die lekkerste deel van die dorp.

Sy het gegroet en hom bedank vir 'n heerlike ete, met die gedagte dat dit die laaste keer sou wees dat sy hom sou sien.

Maar Peter het meer in haar belang gestel as wat hy aanvanklik gedink het.

Hy het haar twee dae later gekontak met 'n aanbod om haar vir seks te betaal.

Gina was eers verras, selfs beledig.

Met haar diep bruin, gekleurde blonde hare en voorliefde vir onthullende kleredrag, het sy geweet sy het 'n sekere aantreklike indruk gemaak.

Maar dit sal haar nie 'n slet maak, of iemand wat haar bene sal sprei by die eerste teken van finansiële moeilikheid nie.

Sy het beslis meisies ontmoet wat sou.

Maar Peter het gelyk of dit so 'n gawe ou was, en hoe meer Gina oor haar skuld gedink het, het sy begin wonder wat die skade daarvan is om die aanbod te aanvaar. Daar sou 'n wedersydse voordeel wees.

Peter sou haar besit en sy sou die geld kry wat sy broodnodig het.

As niemand uiteindelik seerkry nie, regtig, wat was die probleem?

Gina was egter naïef.

Sy het nooit verwag hoe verslawend betaalde seks kan wees nie, en ook nie hoe ellendig en goedkoop dit haar sou laat voel nie.

Om sake te vererger, was Peter nie die gentleman wat sy eers gedink het hy is nie.

Die woord het gou versprei dat sy goed was met haar dienste en dit kon net gewees het omdat hy dit direk versprei het.

Aanbiedings van alle soorte, deur die afspraakwebwerf waar sy Peter ontmoet het, het haar posbus gevul.

Ek kon nie glo hoeveel ouer mans daar was wat jonger vroue vir seks gesoek het nie, en hoeveel bereid was om daarvoor te betaal.

Dit was vir haar baie winsgewend en sy het gou geleer dat sy meer geld kan maak as sy bereid was om haar grense 'n bietjie verder te verskuif.

Mans het meer betaal vir dinge soos anaal, oorheersing, goue storte en verskeie soorte rolspel.

Gina het in skoolmeisie-uniforms, sexy onderklere en swepe belê. Sy het alles geëet wat hulle voorgestel het, en allerhande voorwerpe in haar gesit, en selfs voorgegee sy borsvoed 'n vyftigjarige man geklee in 'n doek.

Natuurlik het John, met sy geld, al die beskikbare geriewe geniet.

Van hoëklasprostitute tot pornosterre en selfs bladsy drie-modelle.

Dit was 'n obsessie wat aan verslawing gegrens het.

Dit het gelyk of al die jong en pragtige meisies bereid was om hul bates te verkoop terwyl hulle nog begeerlik was.

Dit was tragies.

Dit was dus geen verrassing dat John, nadat hy by 'n vriend uitgevind het, vir Gina gekontak het nie.

En vanaand sou hulle vyfde keer saam wees.

Gina kyk op haar horlosie en trek haar klere reg in die gangspieël. "Dit sal alles oor 'n jaar verby wees, meisie," het sy haarself herinner.

'Jy kan dit doen.'

Toe gryp hy sy sleutels en stap by die deur uit.

HOOFSTUK II

Tien minute later het hy op Midestingweg stilgehou .

Dit was net ná tien dertig en 'n swembadpartytjie by een van die ander huise was in volle swang.

Hy het deur die smeedysterhekke van John se huis gery en die Fiat in die oprit parkeer.

Die maan skyn op die dak van John se silwer Mercedes toe sy die geluid van haar hakskene oor die gruis hoor knars en na die huis se kant toe stap.

John het hom aangesê om deur die agteringang in te gaan.

Vanaand gaan hulle 'n rolspel speel.

Hy gaan in die bed lê en sy gaan instap, soos 'n dief, en hom verras.

John was mal daaroor om dinge deurmekaar te maak.

Sy het nog nooit 'n man ontmoet wat so seksueel verbeeldingryk was nie.

Hy het halfpad aan die kant van die huis stilgehou en in die stegie op en af gekyk.

Sy was seker niemand sou haar daar sien nie, maar sy wou net vir ingeval seker maak.

Sy trek haar broekie af, skuif dit oor haar hakke, en maak dan haar romp reguit.

Sy het die broekie in haar sak gesit.

Rooi kant, John se gunsteling.

Toe wankel sy op haar hakke met die paadjie af en maak die deur na die agtertuin oop.

'n Metaal-asblik het gekletter toe sy dit per ongeluk met die punt van haar skerp hak geskop het.

'Onnosel!' Sy het haarself vermaan.

Die kombuislig was aan en die stoepdeur wat daarheen lei, was oop.

John moes dit vir haar oopgelos het.

Gina stoot haar hare terug, gaan voort met haar sensuele stap en gaan die huis binne.

Hy ruik brand toe hy die kombuis binnegaan en die deur toemaak.

Dit was seker een van die sigare wat John graag gerook het.

Hy was so 'n rokende gangster .

Die huis was stil.

John wag seker vir haar in die bed soos hy vir haar gesê het.

Gina stap deur die deeglik gemeubileerde eetkamer, alle moderne en houtmeubels in 'n dieprooi tint, en uit in die gang.

Sy kyk op met die wenteltrap.

"John," sê hy spottend. "Is jy gereed of nie?"

Haar hakke klik op die gepoleerde trappies toe sy die trappe klim.

Toe sy by die gang indraai, sien sy hoe John se slaapkamerdeur oopgaan.

Die lig was aan, maar dit het steeds geen geraas gemaak nie.

Toe hoor hy 'n kraak.

"Johannes?"

Die vet baster het seker op sy troon in die en suite-badkamer gesit.

Gina het haar hare glad gemaak, haar neklyn laat sak en die kamer binnegegaan.

Dit het gelyk of alles op daardie oomblik gestop het.

Gina se hele liggaam het gevries.

Op die bed lê, heeltemal naak en na die plafon gestaar, was John, met 'n plas bloed wat die lakens om hom deurweek en sy keel gesny.

Gina het 'n gil uitgespreek.

'n Donker figuur het agter die deur uitgekom en haar gegryp, 'n arm om haar nek gedraai en sy hand oor haar mond gesit .

"Moenie 'n geraas maak nie of ek sny joune ook af," het hy gesê.

Gina voel die koue, skerp punt van 'n mes op haar nek.

'Wie is jy?' het sy gekreun.

'Iemand wat jy nie wil naai nie'

Die man het haar nek harder met sy gespierde voorarm vasgedruk.

'Wat maak jy hier?'

"Ek het vir John kom sien."

'Sodat?'

"Hy het my gevra om dit te doen."

"Omdat?" het die man geëis.

"Net om dit te sien."

Hy het Gina se lugpyp met sy arm vergruis en haar laat verstik.

"Omdat?" skree.

"Om seks te hê," kon Gina stamel.

Sy het begin hoes terwyl die man die druk om haar nek verlig het.

'Is jy 'n prostituut?' hy het gesê.

'Geen!'

'So wat?'

"n Metgesel'.

"Dis dieselfde ding," het die man gesê.

Gina het niks gesê nie, te bang dat die man haar nek kan breek of haar kan steek as sy hom kruis.

"Dit lyk of ons 'n probleem het," het hy gesê.

Hy draai na John se lewelose liggaam en hou Gina stewig tussen sy arm en bors vasgehou.

Gina het gevoel dat sy siek gaan word deur soveel bloed te sien.

"Nou is jy 'n getuie van 'n moord."

"Asseblief," smeek Gina.

'Ek sal vir niemand vertel nie. Laat my net gaan.'

HOOFSTUK III

'n Onheilspellende lag het uit die man gekom.

"Jy verstaan seker dat dit nie so maklik soos dit gaan wees nie."

Vrees het deur Gina se lyf geskiet.

Hy voel hoe warm urine aan die binnekant van sy bene begin drup.

Sy wou nie vanaand sterf nie.

Die man het haar arm met sy leerhandskoene gegryp en haar na die badkamer gelei.

Hy maak die deur agter hulle toe en draai om om na haar te kyk.

Gina het in 'n hoek teruggekeer toe sy sy gesig sien.

Sy het nie verwag dat dit een van die mooiste gesigte sou wees wat sy nog ooit gesien het nie, maar dit was die diep litteken wat langs sy wang afloop wat haar die meeste verras het.

En dit het gelyk of sy liggaam gemaak is om dood te maak, met die skouers van 'n bokskampioen en dit kan 'n nek in die helfte breek.

Hy was 'n monster.

Hy kyk haar op en af met harde blou oë.

"Wie weet jy is hier?"

'Niemand nie! Kan jy my asseblief laat gaan en ontsnap. Ek verseker jou ek sal nie die polisie vertel nie.'

Hy het haar in 'n stadige, roofsugtige stap genader.

'Dit is te laat daarvoor. Jy het al my gesig gesien.'

'Ek belowe ek sal nie vertel nie. Asseblief, ek gee nie om vir jou of John nie, ek wil net huis toe gaan. Ek wil nie doodgaan nie." Gina bars in trane uit.

Die man het 'n handskoenhand op haar kaal skouer geplaas en dreigend nader aan haar gesig gegaan.

Gina voel hoe die warm lug van haar neus teen haar wange borsel.

"Daar, daar, daar," proes hy. "Hoekom verniel hierdie mooi gesig?"

Sy draf 'n lang vinger oor Gina se traangestreepte wang.

Gina se hele lyf het in ys verander toe sy sy aanraking voel.

Daar was iets uiters botsend oor die aantrekkingskrag wat sy vir hierdie man se liggaam gevoel het en die vrees wat sy voel om teen die muur vasgepen te word deur iemand wat sy ken haar maklik kan doodmaak.

Hy leun nader en trek sy growwe tong oor haar gesig, sodat sy ' n rilling oor haar vel laat voel loop.

Sy het nie verwag wat volgende sou kom nie.

Die man se handskoenhand gly onder haar romp in, terwyl sy lang vingers haar ontblote lippe deursoek.

"Stout meisie," sê hy by sy onverwagse ontdekking.

'Asseblief...o'

Die man het sy handskoen uitgehaal en 'n lang, vlesige vinger was nou in haar.

Sy het Gina se klit glad gevind en dit gemasseer en 'n hitte geskep wat in haar begin versprei het.

Sy trek terselfdertyd haar tong langs die ferm kontoere van Gina se nek.

Gina draai om en sien haar weerkaatsing in die spieël oor die wasbak.

En hy het ook gesien hoe hierdie lang, vreemde dier soos 'n vampier in sy nek sak, die lem van die mes in sy vrye hand flikker in die halogeenlig soos 'n waarskuwing.

Sy durf nie beweeg nie uit vrees dat hy sy skerp punt teen haar sou gebruik.

Die man het weggetrek en met sy blik oor haar lyf getrek.

Daar was 'n diepe opwinding in hulle asof hy haar naakte liggaam deur haar klere kon sien.

Hy gly haar sak van haar skouer af en laat val dit op die vloer, terwyl 'n buisie lipstiffie en 'n paar rooi broekies op die teëls mors.

Hy gryp een van haar borste deur haar velstywe baadjie en druk dit saggies vas, dan trek sy vinger oor haar tepel toe dit op aandag staan.

Sy was stopverf in sy hande.

"Wat gaan jy met my maak?" sy het gevra.

"Aangesien ons alleen is en ons die plek gereed het net vir ons, gaan ek jou gee wat daardie ou daar nooit vir jou sal gegee het nie."

O, God, dink Gina. Nie dit nie.

Toe die man haar vrees ervaar, glimlag die man.

'Moenie bekommerd wees nie. Sodra jy my in jou poes ervaar sal jy bly wees die ander een is dood.

Die man was reg oor hulle alleen was.

Sonder bure naby sou enige hulpgeroep vrugteloos wees.

As...as sy instem, doen wat die man gesê het, kan sy die huis lewendig verlaat.

Met al die ander kanse teen haar, watter keuse het sy gehad behalwe om die beste RPG van haar lewe te haal?

Hy het dus 'n besluit geneem.

Sy gaan die beste prestasie van haar lewe lewer.

En as hy misluk het, het sy 'n rugsteunplan gehad.

"Haal dit af," grom die man en wys sy kop na sy frokkie.

Gina het gemaak soos hy gesê het.

Toe die frokkie oor haar kop gly, skud sy haar hare en staar na sy lyf.

" Ek wil hê jy moet ook kaal word," het hy gesê.

Die man het 'n spottende lag uitgespreek.

'Jy gaan nie vir my sê wat om te doen nie. En ek is nie so dom soos jy dink nie. Trek dit af.' Hy knik na Gina se romp.

Sy knoop haar romp oop en laat dit by haar bene af val, en skop dit dan met haar hak na hom toe.

Sy was daar voor hom in hakskoene en 'n bra, met geskeer skaamlippe blootgestel aan die koel lug van die badkamer.

Sy lig haar mascara-omrande blou oë na haar ontvoerder se indringende blik.

" Hoe soet en pragtig," het hy gesê terwyl hy lug deur sy neusgate ingesuig het. 'Draai om.'

Gina draai om en kyk na die geteëlde muur.

Deur die weerkaatsing van die spieël kyk sy hoe die man oorleun en haar kruis streel terwyl sy haar agterkant bestudeer.

Die groot bult wat sy in sy broek sien uitsteek het, het haar laat weet dat hy goed bedeel is.

Hy het haar vorentoe laat leun, haar heupe gegryp en sy kruis na haar toe gebring.

Die harde, vet bult is nou in die kloof van haar boude gedruk.

Sy kaal hand raak aan haar gat en stoot haar vorentoe, die mes nog stewig in die ander vasgegryp.

Gina kyk hoe hy dit op die toonbank langs die wasbak neersit en sy broek begin oopknoop.

Sy kyk na die mes en veg teen die drang om dit te gryp.

Maar sy weet sy kan nie so dom wees nie; Met sy grootte sou die man sy klein vyfvoet-raam binne sekondes oorrompel. Tog was dit aanloklik...baie aanloklik.

Sy swart broek het op die vloer geval en 'n paar swart boksers oor groot, gespierde dye ontbloot.

Sy ereksie het na sy soom gestyg, geswel en enorm.

Gina sluk die hyg wat amper uit haar mond ontsnap.

Hoe kon hy dit alles inpas?

Die groot haan het teen die stywe materiaal van sy boksers gespan, gretig om uit te kom.

Toe die man hulle aftrek, val die groot pers kop op Gina se wange.

Die dik en baie geaarde lid was minstens nege duim lank.

Die moordenaar was 'n seksuele Adonis.

Hy gryp haar heup met sy hand met handskoene en vat sy piel in die ander, lei dit na Gina se poeslippe.

Toe sy die warm, sagte haan tussen haar lippe voel, hyg Gina.

En toe hy dit binne sit, het sy knieë amper gebuk.

Die penis het op 'n dapper diepte binnegekom, klop van opgewondenheid in haar warm, nat vagina.

Hy het 'n area binne-in Gina getref wat nog nooit tevore binnegedring is nie, en haar verraderlike klit het van opgewondenheid begin pomp, vog wat op haar lippe en mure opgebou het om hierdie opwindende nuwe aankoms te akkommodeer.

Die man het begin stoot, sy sterk heupe kon die hardheid van Gina se binnewande teen 'n buitengewone spoed forseer.

Dit het ongelooflik gevoel.

Sy gryp die rand van die wasbaktoonbank vas terwyl hy aanhou om haar nat poeslippe binne te dring, sy balle klap teen haar.

Hy het die ander handskoen uitgetrek en met sy groot, verbasend sagte hande langs haar ruggraat afgehardloop en haar bra oopgemaak.

Dit het op die teëlvloer geval en haar borste laat los.

Nou het sy net haar hakke aangehad toe die enorme dier haar van agter af tref.

Gina voel hoe hy onttrek, haar poesie kry 'n oombliklike uitbarsting van verligting.

Maar dit was nie lank nie of sy penis was weer binne haar, maar hierdie keer na haar gat toe.

Die moordenaar se groot haan het die stywe voue van Gina se anus binnegedring en 'n skerp pyn deur haar gestuur.

Vir 'n oomblik het hy gedink hy sal nie die pyn kan verduur nie, sy spiere het saamgeklem om hierdie vreemde voorwerp uit te dryf, maar toe ontspan hulle toe die pyn in plesier begin verander.

Gina het al voorheen anale seks ontvang, maar nie van 'n fallus so groot soos hierdie een nie.

Die plesier wat haar nou gevul het, was anders as enigiets wat sy nog ooit gevoel het.

Sy moes haarself herinner waar sy was.

By John se huis genaai word deur 'n man wat hom pas vermoor het.

John se dooie, en reeds ietwat koue, lyk lê 'n paar meter verder in die ander kamer soos 'n aaklige beeltenis van sy vorige self.

Gina het geweet sy sal nooit daardie beeld uit haar geheue kan uitvee nie, maak nie saak hoe baie sy hom geminag het nie.

En dit sal die haat wat sy teenoor hom voel uitvee as hy daarmee lewendig kan terugkom en haar nou kan help.

Maar daar is iets vreemd aan wat gebeur as jy met 'n doodsdreigement te staan kom, en Gina het dit vir die eerste keer ervaar in hierdie badkamer waar sy nou gevange gehou is.

'n Instink neem beheer, so primêr dat dit nie meer soos 'n dierlike instink voel nie.

En jy weet jy sal enigiets doen om te oorleef.

HOOFSTUK IV

Die man het haar gat geslaan met woedende stote, speeksel het by sy mond uitgestort, sy aantreklike gesig gebloei en opgewonde.

Die lae, guitige geluide wat hy maak, het Gina gewaarsku dat hy op die punt was om te kom.

Sy gryp die rand van die toonbank styf vas.

Die punte van sy vingers het wit geword terwyl hy vasgehou het.

"Fok," kreun die man.

" Ek gaan klaarkom."

En hy het, en 'n swaar sug het sy mond verlaat, hy het sy oë toegemaak en sy kop agteroor gebuig...

En Gina het haar kans aangegryp.

Hy los die toonbank en gryp die mes.

Met 'n blinde, kragtige sweep van sy arm het hy dit in sy misbruiker se nek gedompel.

Sy spring en druk haar rug teen die muur, die teëls koud teen haar sweet-deurdrenkte rug.

Met groot oë van vrees en bekommernis sien Gina dat die man in 'n statiese houding staan en verstik terwyl sy groot oë na haar kyk.

Die mes het by sy dik, blink nek uitgesteek en donkerrooi bloed het by die kraag van sy swart jas afgesypel.

Sy haan was nog regop, met 'n blink spoor van kom wat aan die punt gehang het.

Haar verdwaasde oë bly gesluit op Gina s'n soos haar mond oopgaan en bloed oor haar onderlip spoel.

Hy het daarin geslaag om die woord 'Tef' uit te gorrel voordat hy agteroor inmekaargesak en by die deur vasgery het.

'n mal laggie uitblaas . Sy plan het gewerk.

Eerste keer. Sy het gesien hoe hy sy oë in die spieël toemaak terwyl hy ejakuleer, so sy het haar verlustig in die feit dat sy die aanval baie makliker gemaak het.

Sy gryp haar klere en trek vinnig aan, hierdie keer trek sy haar broekie weer aan.

Sy het haar beursie gegryp en haar aanvaller met die skerp punt van haar hakskeen geskop. Toe spoeg sy in sy gesig.

"Dis om my 'n hoer te noem, jou deftig!"

Hy het sy lyf teruggedruk sodat hy die deur kon oopmaak.

Die agterkant van sy skedel tref die mat met 'n slag toe hy die deur oopmaak.

Sy het op die tone oor die bloeddeurdrenkte lyf gespring en die slaapkamer binnegegaan.

Sy kyk na John se liggaam op die bed.

Bloed op die vloer.

Bloed in die bed.

Dood oral waar hy gekyk het.

Dit was te veel.

Gina het uit die kamer gehardloop en met die wenteltrap af so vinnig as wat haar hakke haar kon dra, bloedrooi driehoeke wat die vloer in haar nasleep vlek.

Aan die voet van die trap stop sy, vee haar trane af en beheer haar gedagtes.

Hierdie leefstyl het alles vir haar verwoes.

Dit het haar ellendig en sinies teenoor mans gemaak.

Hy het sy moraal herorganiseer.

En daardie vet dooie bastard was een van die ergstes met sy korrupte maniere en smerige fantasieë.

Hy was 'n model in die samelewing, maar hy het alles wat hy aangeraak het met sy korrupte maniere versprei en besmet.

Haar ingesluit.

Sy het hom verander in iets wat sy nie was nie.

En nou het hy haar in 'n moordenaar verander.

Sy het uit selfverdediging vermoor en die kak wat in 'n plas van haar eie bloed gelê het, het alles verdien wat met haar gebeur het.

Maar sy het geweet sy sal nooit vergeet nie.

Hoe hy haar mishandel het asof sy niks meer as 'n vuil hoer is nie, en hoe haar liggaam haar verraai het deur met plesier te reageer op die aanraking van sy vuil, moorddadige hande.

Hoeveel ander jong meisies se lewens moes hierdie twee verwoes het?

En hoeveel het daardie meisies nog gely?

Ek gaan nie meer ly nie, dink Gina.

Hy het met die trappe opgehardloop en die slaapkamer binnegegaan.

Die aanskoue van die twee dooie liggame het haar laat opgooi, maar sy het die naarheid met 'n elmboog gesluk en na die bed gestap.

se gesig was 'n masker van afgryse, sy mond swart en oop soos 'n vis, sy oë gevries van skrik.

Gina kyk weg en voel na die goue armband om haar mollige pols.

Daar was 'n dun reghoekige medaillon wat die ketting vasgemaak het.

Sy het dit oopgemaak en die nommer binne gelees: 47689.

Sy herhaal die nommer in haar kop soos 'n mantra, maak die medaillon toe en steek haar hand in haar beursie.

Hy het 'n sneesdoekie uitgehaal en die vingerafdrukke van die medaillon afgevee.

Hy gee John nog 'n laaste minagtende blik voordat hy omdraai en by die trappe af hardloop.

Hy hardloop in die gang af totdat hy by John se studeerkamer kom en die deur oopmaak.

Hy het die kamer geskandeer totdat sy oë geland het op waarvoor hy gekom het.

John is veilig.

Hy het tydens een van Gina se besoeke met die inhoud daarvan gespog en sy het geëis om te weet wat binne is.

"Pragtige juwele," het hy met 'n arrogante glimlag gesê.

"Dit is meer werd as hierdie hele huis."

Toe tik hy die ketting op sy pols en sit sy vinger op sy lippe.

"Ssj."

Gina stap na die kluis teen die muur en slaan die kombinasie in.

Die kluis het geklik wat aandui dat dit oopgemaak kan word.

Sy maak die staaldeur oop en kyk na binne.

Op 'n hopie bruin koeverte was 'n fluweelrooi juweledoos.

Gina voel 'n knoop in haar maag.

die ongelooflikste diamanthalssnoer te vind wat sy nog ooit gesien het, sy pragtig vervaardigde klippe sprankelend met filmiese effek.

"Dit is meer werd as hierdie hele huis," fluister sy vir haarself.

Genoeg om al jou skuld af te betaal en nog 'n paar.

Met haar hart wat binne haar bors klop, het sy die deksel toegemaak en die juwelekissie in haar sak gesit.

Toe maak sy die kluis toe en vryf enige vingerafdrukke op die sneesdoekie.

Sy stap haastig by die studeerkamer uit en in die gang af na die voordeur, en kyk of haar hakke geen inkriminerende afdrukke van haar op die blink planke gelaat het nie.

Nie joune nie.

Sy het die deur van die huis oopgemaak.

Die sagte, koel lug tref haar wange toe sy die nag instap en die las van die teenwoordigheid in die huis het oombliklik van haar skouers gelig.

Uiteindelik vry, het sy met die grondpad afgehardloop en in haar motor gespring en haar sak in die passasiersitplek gegooi.

Sy laat haar kop terugval op die stuurwiel en los 'n lae, guitige gil.

Uitgeput en uitgeput steek sy haar hand in haar sak en haal haar foon uit.

Sy het 911 geskakel.

"Polisie, asseblief, ek het sopas 'n man vermoor."

WILDE ONTVANGS

65

Susan het op die rusbank gelê en aan haar maat gedink.

Sy was lief vir hom met haar hele hart en haar droom was dat hy met voorspel kon doen wat hy wou.

Lek en suig haar totdat haar vlak van ekstase die moeite werd was om voor te sterf.

Fok haar dan met seks kragtiger as die skepping.

Dit was so 'n vervelige aand.

Susan het in haar bra en pienk sybroekie op die rusbank gelê en fliek gekyk.

Maar Susan het aan haar kêrel gedink, sy pragtige lyf, groen oë en donkerbruin hare.

Susan se tong steek verby haar lippe terwyl sy aan hom dink, en lus vul haar gees en liggaam.

Net toe, Susan hoor die deur oopgaan, was hy uiteindelik hier.

Opgewonde en nat spring sy op en hardloop na die deur.

Daar staan hy in sy jeans en 'n wit t-hemp.

Hy het die kamer binnegekom en Susan se pragtige dolende borste gewaar terwyl hulle amper uit haar bra val in haar opgewondenheid.

Hy gryp haar middel, trek Susan na hom toe en soen haar diep.

"Ek is so fokken geil," fluister Susan in haar warm, nat mond. "Fok my nou."

Omdat hy nie 'n tweede uitnodiging nodig gehad het nie, stoot hy Susan na die kombuistafel toe.

Hy het sy hemp uitgetrek en die ligte afgeskakel en die kamer verdonker.

Susan lê op die tafel, haar tepels steek nou deur haar wit bra en 'n nat kol vorm op haar bypassende broekie.

Hy het haar genader, 'n bult vorm in sy jeans.

Hy leun oor Susan en soen haar maag saggies en lek dit oraloor.

Susan hyg van plesier en haar hande gryp sy kop om hom nader te trek.

Hy het aangehou om haar buik te lek en soen, af en toe afbeweeg na haar poesie, steeds bedek met haar broekie, om warm lug op haar te blaas.

Hy gryp haar onderklere met sy tande en trek dit in een vinnige beweging af.

Hy gooi hulle op die tafel en snuif hulle pubes.

Susan begin kreun en asemhaal swaar.

Begrawe sy gesig in haar nat poesie en steek sy hand uit om haar bra te verwyder.

Susan se parmantige borste spoel oor sy sagte hande.

Sy lek weer saggies aan Susan se spleet voordat sy die yskas nader.

Toe hy dit oopmaak, haal hy 'n bakkie aarbeie uit. Hy het twee van hulle geneem, een op Susan se maag en die ander tussen haar borste geplaas.

Hy het die aarbei op sy naeltjie gelek en dit daarna geëet.

Hy het voortgegaan om haar lyf van onder na bo te lek en uiteindelik aanbeweeg na die volgende aarbei.

Terwyl hy Susan se spleet lek, beweeg hy die aarbei op en af tussen haar borste.

Susan kreun oor die ongewone sensasie.

Hy het voortgegaan om die aarbei al hoe verder in Susan se lyf af te beweeg, totdat hy haar poes bereik wat die aarbei met sy tong stoot.

Susan hyg en hy kon sien hoe haar poes saamtrek om die aarbei wat onder haar sappies bedek is.

Sy druk die aarbei dieper in haar poes.

Hy het dit met sy mond bedek, saggies gesuig totdat die aarbei weer in sy mond was; nou bedek met Susan se poesappe.

Hy slurp die aarbei, eet dit en beweeg om Susan op haar maag te draai.

Met haar boude in die lug, streel sy hom.

Hy het Susan saggies op die gat geklap, voordat hy na haar gat geduik het en dit gelek het, en hickies oor haar gat gelaat het.

Daar naby was 'n potjie heuning, en hy het sy vinger ingedruk en dit op Susan se lippe versprei.

Hy het toe sy tong diep in haar ingedruk en Susan laat kreun.

Hy slurp sy tong diep in haar poes in.

Susan het hard gekreun en gesê:

"Fok my nou."

Hy het sy jeans uitgetrek, sy piel gereed om te bars.

Nou kaal, steek sy piel groot en sterk uit.

Hy gryp Susan, hardloop sy hande oor haar binne-dye en plaas sy haan reg by haar ingang.

Hy vryf sy kop teen haar nattigheid; Saggies het sy haar lippe geskei en die kop van sy haan saggies gegly.

'n Kreun ontsnap Susan se lippe toe sy voel hoe die punt van sy lid haar binnekom.

Susan kreun harder, terwyl hy die res van sy yslike harde piel in haar poes gly.

Terwyl almal van hom haar gevul het, het sy die mure van haar poesie vasgedruk, so 'n kreun kom nou van hom af.

Hy het sy piel in en uit Susan se poes begin pomp en met elke slag verder en verder gery.

Hy het voortgegaan om haar poes te stamp en Susan al hoe harder te laat kreun.

Hy gryp haar bobene en klop harder as ooit en grom terwyl hy Susan se liggaam met sy groot haan binnegeval het.

Susan het geskree:

"Dit voel so goed baba, fok my harder."

Hy het sy piel harder in Susan se poes geslaan, en voel hoe die sperm aan die basis van sy piel opbou.

Sy balle klap teen Susan se gat met sy beweging.

Susan het 'n lang kreun uitgelaat en 'n wilde orgasme begin kry, haar poes druk sy piel, so hy het ook begin orgasme.

Cum het uit sy piel gespoeg, die eerste spuit kom Susan se poes binne.

Maar hy het onttrek en die res oor sy lyf laat strooi.

Net toe haar orgasme begin bedaar het, het hy sy vingers in haar poesie gedruk en dit vinnig gepomp, en Susan weer in orgasme gestuur.

Kreun en beweeg oor die hele tafel, Susan trek hom bo-op haar en soen hom diep.

Hulle sweet en saad het oral op die twee liggame gemeng.

Nadat hulle albei ontspan het, het hy gesê:

"Dit is lekker om so ontvang te word."

EINDE

71